岡田恵美子歌集

千花文にこめて一代前の親族を送ったあと
立ちどまり、佇むひとときがありました。
そのような折、私の内の玻璃の鏡に
映った影、よぎり行った影を
思いました。

目次

書　制作　田村空谷

歌集

玻璃

昔

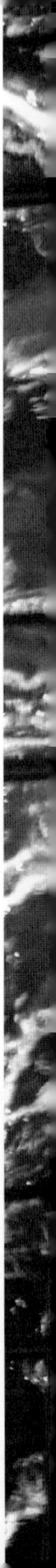

昔

いつとなく歩みの逸れて艶消しの硝子の向かうを行く人となる

振りむけば押されて来たる車椅子の合はぬ視線に昔がかへる

子を忘れし人の話に寄りそへり　まむかひのわれはまだ居るらしき

アリゾナの昔語りは鎖されたる記憶の窓を小さく揺らす

さすらひの砂漠の人や地平線に消えゆく影を追へる表情

遠ざかる己が姿に惑へりや陽光《ひかり》のくるむ微睡みの日を

握手の別れがいつものならひ　去りぎはの心に沈む人の手の凋れ

うつつ褪せたる人を見舞ひき　金雀枝《エニシダ》の黄《くわう》のしだるる急坂下る

われを知らぬ人とならむか次の会ひは　心に淡き哀のかたまり

蒲公英の絮のまろまり白く透く　山門を背に全き球体

蒲公英の絮がちひさき風と行く　言葉すくなき人のかたへを

一

薄く闇のこもるを羽化する薊の花　わが夜の夢やその妖しさは

摘みて来し薊の花が変化《へんげ》して銀色の帽をかむりたる朝

春風にふうはりふはり薊の絮　生をともさぬテーブルの上《へ》を

死の棘の立てるも人はさりげなしゆつたり紅茶を飲みてひととき

一

日の傾ぎ樹下に鴉が影を曳く　赤松林を夕陽ただよふ

寄ることを拒むがごとく池の面《も》は冷気に冴えて硬く光れり

夕雲をひとひら浮かべ池の面は倒景のまに空を閉ざせり

金剛の意思を納めし笑みの鞘　わが知らぬまに逝きにける人

聖堂《カテドラル》の夕映えに浮く尖塔の十字架を負ひ逝きにける人

かの人のスリッパを履き　かの人の凭《よ》りゐし窓の囲む空見る

一

曇りなき半球の空　光る海　水平線に絡まむか凧

くるくると狂へる凧をしづめゐし父の後ろ姿《で》　風の思ひ出

声高く凧がのぼれり　大空を海原を切る一筋の糸

天窓の抜きたる空をはすかひに枯葉追ひゆく風の行方を

ちちのみの父を呑みにし酒精《アルコール》　悪魔の水を長く忌みけり

ベッドの父の高きいびきが別れの韻　ははそばの母はまだ若かりき

母に連れられ花を愛でしか　車椅子押し花びらに洗はれて行く

なみだ無きおくりびとわれ　死を超えし母の十字架を花に埋めたり

天窓の抜きたる空をうつり行く　失せにし人の影帰り行く

一

児の手ぬけ風船玉がのぼりゆく　白く点れり空の深みに

泣き呆けやがてわれに向き笑まふ児よ　風船玉をもう忘れをり

一

ものを見ぬまなこを持てる少年と覚れるわれも幽暗にゐき

カンバスを切る気配して奔《はし》りゆく少年の背を見失ひたり

われの手の上《へ》に父の手が　あてどなく吾子の行方を思ひゐしとき

靄へ一条さしこむ光を掬ひたり　少年の日をただよひし子は

塗りつぶす色の荒びの少年を抜け殻とせり子は羽化をせり

少年の脱皮のあとの忘れもの　マゼンタ色のこごりしパレット

一

並木道を葉洩れ日の斑《ふ》のゆらめけりダックスフントの太郎は急ぐ

葉洩れ日の斑を追ひながら嬉々として児は曳かれゆくリードとわれに

一

人形を壁に放りて泣きだせる少女の心を抱《いだ》く人形

ひもすがら視線合はさぬ少女なり「母の良い子」はいづこへ行きぬ

母の手編みのセーターを捨て　うつつなく人形の家《ドールハウス》をくづせる少女

手を捥ぎし人形をひしと抱《いだ》きをり　あらがふ少女の心のくまみ

繊毛のごとき光のもつれ合ふあはひ抜けゆく小さき魚

一

欅にこもる風の音　どこからか晩き鶯　鎌倉の五月

くれなゐの牡丹のにほひの人逝きぬ　佇まひ良く住まひし人よ

ほどもなくわが若き日の設計の笹目の住宅毀されむとは

いまだ在り　主は逝けども建物は何ごともなく整斉と立つ

裏木戸ひらき緑静まる庭へ入る　おもおもと咲く石楠花二輪

池の面《も》をさわがせてゐし水馬《あめんぼ》の影が失せをり　水はさりげなし

一

昔

倒されしコップの水がテーブルを　失語の人の心が奔《はし》る

忘れられし子は言《こと》もなく流れゆく水の行方をただ見遣りをり

うつつ失せたる人を見舞ひき　輪郭のうすく浮く夜の坂道下る

一

時計台にまた満月がかかりたり　昔の人の影よぎり行く

風景

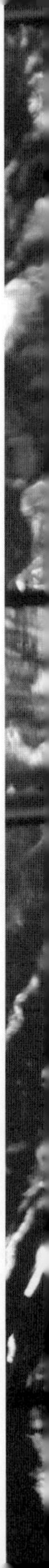

風景

高徳院阿彌陀如来坐像２０１４年

行きむかふ年のなだれに晒さるる露坐の佛をつつむ春の陽《ひ》

緑づく裏山あはし　総身に緑青まとふ大き佛よ

蟬の声が辺りにひびき大佛の両頬よぎる亀裂一条

昼さがりの烈日いとはず大佛は日傘を覗きわれに対ひ来

白雲をかぶる佛の半眼はわれ諭すかに慈しむかに

秋の青の空を小さく機影行く　黙す大佛　はるかなりけり

夕映えの空に佛の横顔が厳しさを捺す　か黒き影絵

をやみなく落つる氷雨《ひさめ》に洗はるる露坐の佛の半眼深し

一

今もなほ傘打つ音が呼びおこす　失せにしひとは雨に住むひと

一

なつかしき　在りしがままの小路行き在りしがままの表札を見る

露やどす芙蓉の花が黄緑の花芯のぞかせ窄める小路

道を逸れ袋小路へ迷ひこむ　垣根を高くめぐらす家々

在りしがままの円筒ポスト　わが思ひをすつぽり容れしこの朱の形

在りしがままの金物屋あり　じつとりと湿る匂の凶器が並ぶ

由比ヶ浜をなめらかに波が寄せ這ひ引く　雨もよひの空　鶺鴒一羽

とき色の帽子が波にくるまれて打ち寄せてくる雨の由比ヶ浜

うすき視野を透きけむ新樹を見守《まも》りゐき　われの五月にかへりくるひと

一

長谷寺の階《きざはし》つつむ深みどりの小暗き闇を一段　一段

まどかなる石のほほゑみ　ころころと三体寄りあふ良縁地蔵

薄明かりを観音像の金色《こんじき》は鈍く沈みて異界をかもす

一木の長谷寺観音丈高し　蠟燭の灯《ひ》に金色ほめく

どこからか晩き鶯　聞きいれり　まだ鳴きやまず　テープなるかと

ここ迄もここ迄もとぞジャパネスクを演出せる寺　筧の水音

置石の影の移りに石庭の余白をただよふ〈時の表情〉

一

海を浮き海にくるまれ研がれては浜へ届きし流木ひろふ

夜来の雨に湿れる辺り　足裏を確とささふる砂浜を行く

をちこちに赤茶の藻屑が島と積み斑紋をなす人げなき浜

櫻貝をひろひあつめしこの浜へさまよひ寄する廃品砕片《さいへん》

水色のプラモデル船　帆のやぶれ藻屑の島に座礁してをり

板かかへ海へ入る人　砂浜に「コカコーラ」の空《から》「おいしいお茶」も

—海抜4・3m—　表示読みつつ陽《ひ》のあたる何ごともなき道たどり行く

一本松幾代立ちゐむ　しろがねの海にまむかふ芽生えなき木は

陸前高田の復興のシンボル

波うちぎはをもう帰り来ぬ靴の跡　時をたたみて拭ひゆく波

人影のおぼろなる浜　流木がぬるき影置き横たはりをり

夕暮れの浜の乳色にくるまれて傾ぎゆく日を見守《まも》る影いくつ

さむき海を舟もどりくる　砂の凍《し》み鴉はらはら降りかひゐたり

波が引き褐色の照る水ぎはに鴉群れをりひたすら羽打つ

薄ぐれの浜に刺される棘　鴉　鳴きかはす声さはに騒立つ

一

白き梅　黄色の橙《だいだい》　藪椿　江ノ電の窓かすめゆくもの

離《さか》りしひとが住む駅と聞く　小さく揺らぎ電車ごとり過ぐ

一

海岸橋に川のおもては奥深くかさなり幾重と海へ行く襞

潮入りのきほひに扇とひらく水皺《みじわ》　下れる川はいつとなく消《け》ぬ

滑川が潮に消えたるその辺りアルミ缶ひとつ留まり浮きをり

氷雨《ひさめ》に濡るる前垂れ赤し　降り立てる「六地蔵」といふバス停留所

生家への道のしるべの六地蔵　われの一生《ひとよ》のかたへに並ぶ

風のつつむ離れ家《や》の夜を竹と竹の幹の打ちあふ虚ろのひびき

一

破魔矢かざす着物の袖をほの揺らし人力車行く陽光を行く

社《やしろ》の空を白鳩の群れ　裏山の緑削ぐかに急旋回す

ゆるくゆるく白鳩の群れ　隊列を組み緑青の社の屋根へ

池の面《も》の濃みどりを行く鴛鴦《をし》の二羽　つと止まりたり　時を遣りをり

力みなき静止ありたり　をしどりは影を倒してひたと動かず

黄の嘴《はし》をかかげ滑らかに去る鴛鴦のつがひの動きの自然《じねん》の呼応

池の面《も》を微風が圧せり　ゆつたりと枯蓮のまを水皺《みじわ》分けゆく

池の面がぷくぷく噴けり　広がれる同心円の小さき水皺

池の面を下から息衝くものがあり　千万の生のこもれる源平の池

池の辺《べ》に夕空を貼る水溜り　雀ひょんと入る一羽二羽三羽

水浴びの雀を夕陽が燥がせり　あちらへこちらへ水皺《みじわ》交錯

水溜りを嘴《はし》振り尾振り雀打つ　ぱらぱらちらちら光のシャワー

しだれ柳も夕陽をかぶる　少年の靴音高く雀を散らす

水溜りに映る夕雲の空をゆく鳶の小さき影が弧を曳く

この夕べ古き都の神域を息吹《いぶ》ける生の気に浸りをり

白壁の部屋

白壁の部屋

部屋の奥の鏡の壁に緑映ゆ　左右反転のわれの住む家

ひらけたる硝子の窓にすつぽりと姿を嵌むる樫の木があり

ラフォーレを遠望しつつ樫の木と語りあひをり　白壁の部屋

窓ぎはへ寄れば忽然と浮きあがる　すぢかひに立つ硝子の塔が

神域を裾にめぐらせ聳ゆるは全面硝子の高層ビルなり

朝六時　硝子の塔を日が昇る　日を見ぬ部屋が照らされ映ゆる

硝子の面《おもて》を光が反る　時分かず虚実の影が都市をさすらふ

白壁の部屋

枝のしなひ青空の揺る　ひとしきり樫の大木が風道にあり

葉をあらふ陽光《ひかり》のながれ春の午後の樫の木の枝《え》は風の羽なり

ひとりゐる春の夜あればひとり楽し　非線形《ノンリニア》なる時間のながれ

テレビを消すや静寂が鳴るりゆんりゆんとわれの時間が溢れいだせり

一

モノクロの写真の少女　細おもての頬にほのかに紅《こう》の気配す

鋸を引く　猫車押す　ひたむきに働く人を写せる写真

ヒメジャノメ　ムラサキツバメ　都市蝶のちさき羽ばたき尋《と》めたる写真

モノクロの写真は印す　一瞬の時と光がからむ現実《うつつ》を

ぼた山は子供の世界　片すみに息吹く時代を遺せる写真

土門拳『筑豊の子供達』

傾ぎたる家の柱に凭《よ》り立てり　片陰に浮く少女の目の哀

白壁の部屋

指をくはふる少女のまなざし　写真家の心の濡れの点りたる哀

ぼた山は緑をかぶり　かの少女は母の目をもち　写真家は亡し

幾年ぶりのキャンパスならむ今もなほ春色もやる遠山を見る

山ざくらの花の消えにしキャンパスに八重の櫻がおもく乱るる

坂道のスリップ止めの円溝を八重の櫻の花びらが埋《う》む

坂道にピンクの円環《トーラス》浮きあがりナナハン駆り行くベイカ先生

アトリエの階段くらく奥ふかく迷ひこみたる花びらのむら

散りしきる櫻並木のその向からうに夕日入らむか朱のにほひたつ

放課後もキャドと取り組む学生の背を日が落ちぬ　花散り止まず

アネモネの濃き紫が夜の色に染《し》みて落ちゆく　時をなぞりつつ

一

たちまちに花は散りさり窓の下の緑のさやぎのあひの赤き実

いつとなく枝が伸びたり　窓を浮く実櫻を見るころの楽しさ

一

マンションの避難訓練のアナウンス　熊本地震はわれを促す

赤芽柏の紅《こう》の火照りに追はれつつわれら緑地へと急かされゐたり

黄色《わうしよく》のテントの内に籠りたる煙道を行く体験コース

二メートルの煙路の不安　白煙の内なる我はわれを捜せり

九州が地震《なゐ》に揺るるもマンションの自衛避難訓練閑散

樫の林が玻璃に映えどの部屋もどの部屋もふかき緑に沈む

一

うすやみを辿れるわれに花どきの樫はさしかく匂の傘を

なにとなき陽《ひ》の道往きぬ　樫の樹の花の香の濃き夜を帰れり

一

ぽつつりと窓を小さく弾く音　やがて白雨へ溶けたる硝子

硝子瓶が空《す》きゆくほどに雨の夜の集ひはこもりもの懐かしき

夜を経なば溶けむさだめの儚さの一夜茸こめガレの硝子器

明けぐれの空を削ぎゆく流星の行方をおもふ　藍の切子は

一

傘傘があふれふれあひすれちがふ　原色の雨　竹下通り

若者の竹下通りはおもちゃ箱　うつむき我はわれと歩き行く

一

窓の辺《べ》の硝子のテーブル　ふかぶかと白雲をのせ百日草《ジニア》の壺置く

喧騒のかなたの屋根を作業服九つほどが何やら動く

炎昼の街に掛かれり　口紅も赤くほほゑむ汗知らぬ肌

表参道の視線あつむる恐竜の金の骸《むくろ》にヴィトンのバッグ

席を待つ列ながながし　マスコミがスクランブルせる卵料理店

青山通りの歩道のはたに常夏の花がまばらに咲き残りをり

シースルーエレヴェーターの夜深く香水の香がひとりただよふ

一

夏に立つ硝子のビルは大空を身にまとひたり　白雲の塔

塔高く黙々と雲うつり行く　ひしめく街をかなたに置きて

硝子の塔に浸《し》みあまる空　下の道の敷石がうすく青に塗《まみ》れたり

一

夕空に白き鉤の月浮きゐたり　鴉はらりと躱《かは》して行きぬ

わが窓の知らぬ西空を映しこむ硝子の塔はわが物見船

すぢかひの硝子の塔を日が沈む　紅玉いだき昂れる塔

玻璃の鏡に紅《こう》むらむらし　反りくる西日に白壁あはく染まれり

まむかひの黒き森には海底《うなぞこ》の魂《たま》を鎮むる東郷神社

夏の夜の窪める池へひたひたと灯籠の寄る「みたま祭り」よ

一

黒き森を花火が上がる　たまゆらの光の花を被るわが窓

黒き森を花火が上がる　相称の花を咲かせて玻璃の塔立つ

光の花の垂《しづ》り消え薄明かる空をただよふ白きあとかた

一

裸電球ふらりと垂るる　おもむろにユニットバスの高さ調整

ユニットバスの床下のぞく職人の洗ひこまれし靴下の白

ユニットバスを立てこむ人の休憩は配管工の出番の時間
職域のちがへば使ふ丁寧なる言葉のやりとり工事を守る

一

切断の火花が走る煌々と　解体工事の夏の真昼間

心入れ打たれしコンクリート粉ごなに崩され産廃トラックに載る

―

そのかみの人のあとかた消し消さむ現代の被るエゴの面《おもて》は

メス・アイナクの遺跡にねむる銅の皿の目覚めをはばむ禿鷹の影
中国企業の銅鉱採掘

バーミヤーンの大き佛は幾万の人の思ひをいだき散りけり

いつの代も喋り言葉は笹の葉にさらさらさつと降る雪よなう

閑吟集

なにごともなく動きゐし日はいづこへ　たまゆら痛めし傷の大きさ

健やかに過ごせることを誇りゐしわが慢心の砕け散る夜

瞬かば圧力鍋が飛びわが手に　魔法使ひにならばやと思ふ

知らざりき　かく有難きものなるを白壁に凭《よ》りゆるり歩めり

知らざりき　使ひ方にも斯くあるを傘の柄《え》をかけタオル引きあぐ

何としても出でたき集ひを悔みゐる　われを過れる方形の時

わが部屋の小暗き淀みに浮かびをり　失せし金魚の緋のゆらめきが

一

わが窓をよぎる白鯨《はくげい》　気球船　都会の秋の上をかなたへ

昨夕はさへづりてゐし文鳥の白き籠透く秋の陽《ひ》があり

硝子窓の向かうに秋色暮れなづむ　黄色　オレンジ　亜麻色　茶色

硝子窓の向かうに暮色落ちゆけり　隈《くま》なく映る白壁の部屋

ひとりゐを圧しくるごとき白き壁　ひとり影捺す白き桔梗《きちかう》

無心なる月と知れども語りかく　今宵こよなく明きベランダ

神宮の森のほとりのわが夜に茸のドームの群れ立てる音

テレビカメラが分け入りぬ　人を絶つ神宮の森の深き秘境へ

隠沼《こもりぬ》の水面《みなも》に裸木の影がゆれ辺り見はるかす大鷹一羽

一

拾ひ来しさくら一葉をテーブルに　紅《こう》の時間をいとほしみたり

一

階段を黄の葉吹きあがる歩道橋の小さき弾みを足裏《あなうら》に行く

明治通りをマネキン抱へ渡りをる列に銀杏の黄が降りそそぐ

一

青空が高く澄みゐき　うちつけの友の事故死を知りたる朝は

秋の陽《ひ》を収むるごとく黄の二蝶　ふうはりと浮く　そこかしこに

一

晩秋の訪れなりき　白き部屋の壁に留まれるちさき蜉蝣

虫知らぬ都会の部屋は二センチの短き細き影にをののく

白壁へ近づきみれば濃みどりの胴のかかぐる浅みどりの翅

摘み来たる水仙の花にひそみけむ　薫の束のとけて蜉蝣

つかのまの訪れなりき青磁色のクッションの上《へ》に固まりし虫

蜉蝣の小さきむくろ　翅あはせ静まりてをり　しぐるる夜に

うつくしき蜉蝣の終《つひ》　水仙の花が萎ゆれば共に土へと

一

鳥影が映り掠れり　窓の辺《べ》の硝子の卓の果物籠を

白壁に果物籠が影やどす　夜を熟しゆく林檎が三顆

みつみつと蜜柑の皮の凹凸をゑがきこみし絵　蜜柑を超ゆる

一

硝子の塔に夕雲が湧きながれゆく　薄らかに紅《こう》を包みながら

玻璃の鏡にうつる真黒きビル影の背より現るる金色の球

日を抱へ黄金の龍と伏せる雲　虚の太陽にわが部屋深し

日の落ちて黄金の雲くぐもりぬ　硝子の塔の照明《あかり》たちくる

夜の空を雲うすく透き　いつとなく形変へつつ移ろひ浮けり

一

南天の実のしやらしやらと光る朱《あけ》　初冬の雨をゆつたり歩む

傘かしげ振りかへり立つ彼《か》の人の小さき笑みをわれは見しかと

くれはとり文《あや》なし傘がながれをり　夕暮れの窓に見る歩道橋

—

ブランド店がアンテナ伸ばす表参道　歳晩を行く人群れ厚し

幹に枝にＬＥＤをまとひつつ夜空をけぶらふ欅紅葉よ

点光のかたどる枝は伸び撓ひ水母の触手と夜をつかめり

虫みたいに人が行くねと後ろより　電飾の間を我ら蟲けら

ブランドの誇りの装飾並みつづく通りを人はざらざらと行く

—

南天の実へ白きひら　雪水となりてしづれり紅を溶きながら

黒猫が嘴太鴉《はしぶとがらす》に跳ねかかる　ぐわつと空へと　薄雪の庭

昨日今日雉鳩一羽おなじ枝に　そこはかとなく流るる一生《ひとよ》

一

硝子窓に何かささめき夜のほどに積もりし雪は街の貌変ふ

雪ひらは風にまはされわが窓の硝子にとまり直ぐに落ちゆく

街角の花屋にひらく向日葵が雪にかじかむ街をながむる

雪の夜の青山通りの飾り窓　ほほづき色にこもりてゐたり

変形の止まること無きこの街に　われの時計もつつつと進む

重き荷を怖づ怖づ上げし地震《なゐ》の日よ　小暗き洞の非常階段

四階の部屋遠かりき　呼気あらく急勾配の非常階段

十五階に住む人が言ふ　ひとりゐてコップの中の蝶のごとしと

二十階に住む人が言ふ　ひとりゐのくらしをめぐる日と月と雲

光の束をたぐりて上る　わが持てる時間をきざむ階段の音

白壁の部屋

コラージュ

あとかた

かの夫人に捧ぐ

馬　ピエロ

エジプト物語

あとかた

図書館の庭にカンナが咲き誇りき　たまさか遇ひし「エジプト物語」

引かれゆきエジプト　クレタ　バビロニア　古き代の史《し》の虜となりぬ

夕あかりにイリアスの詩《うた》　陶然と中学の日を過ごし遣りけり

捲りたれば黄金の椅子　暗き世の王ひた支へ鈍く光りけむ

コラージュ

土の深みの永き眠りをおこされてニケの翼はルーヴルに浮く

いにしへの栄えの幾世そのかみの跡形くづせるイスラム過激派

偶像は毀つべしとや万象に霊の坐しける遠き代あふぐ

顔の無き土偶の時代　精霊の息吹《いぶき》のまにまに人ありしころ

コラージュ

かの夫人《かた》に捧ぐ

陽光の
あかき常陸の
海の辺《べ》に　うまれしままに
海の香の　うつる家居の
いさなとり　海人《あまびと》に添ひ
すこやかに　子らを生《な》しせば

コラージュ

なみやかに　日月遣りせば
かのかたは　穏しからまし
遠き日の　慣ひありきや
東京に　身すぎを求め
画伯との
会ひゆくりなく
数奇なる　かのかたの世の
かがよひし
花笑みの日は

そのかみの　明治画壇に
ありなれず　フランスの地に
独り立ちし　画伯の盛り
名にしおふ　モンパルナスを
かぎろひの　春風行ける　華やぎし　エコール・ド・パリ
ねり絹の　肌《はだへ》けぶれる　画伯作　裸婦の群像
ときめきて　画伯の画業
八方に
映えたる昔

コラージュ

いつとなく　戦のほむら　燃えさかり
あたら画伯は　従軍の　画家に列なり
アッツ島
軍場《いくさば》の絵の
累々と　積む屍の
その隅の　細かき花の
紫に
悼む思ひを　つつみける
画伯なりしを
ゆくへなき　酷き敗戦

戦争を　讃め描きつと
戦争に　加担せしよと
世の人の　誇りすさびぬ
うとましき　戦犯の印
逆風に
うたて画伯と　かのかたは
圧され追はれて
住みなれし　パリのほとりの
嵐山と　見まがふる地に
うち立てつ終《つひ》の住処を

コラージュ

レオナール　由緒ある名を
冠りして　洗礼を受け
教皇の　謁見の間に
ほこらしき　画伯ありしが
ランスなる　教会堂の
建築の　基《もとゐ》おかむと
身も魂《たま》も　そそぎ尽くして
湖の　冷えの明かりを　白鳥の　群れかふあはひ
かのかたを
残し逝きけり

アルファベも　鼻母音も無き
かのかたの
かの国の日々
底知れぬ　劣等感と
すぎゆきの　マダムFなる　自尊心《プライド》の
さやぎ合ひ交ひ
カルチエを　身にいや飾り
ディオールを　身に纏ひしも
しきしまの　日本の女《ひと》の　情なりし
さむき独り居

いぶかしき　女人に曳かれ
世の常の　道をとりえず
かのかたは　いつのまにやら
裁判《さばき》にぞ　憂き身をやつす
日々つらね
年々経ぬる
かの高みの　伯爵の城
ゆづり受け　絵をかかげつつ
守男　其になりませと

在りし日の　画伯にはかり　夢見きと
あはれ幾たび
繰りごちつ
空を見やりつ
かのかたの　奥目光りし
エソンヌの　ちさき御堂《みだう》の
かたはらの　淡紅の墓碑
なつかしき　画伯の柩を　守る土
かすむ花々

コラージュ

陽《ひ》の斑《ふ》浮く　墓にたたずみ
樹々を行く　風に聞きいり
画伯の名　のこさむことを
画業をば　のちの世までと
ひと条に　祈りたれども
うつしよの　人の思ひに
惑はされ
欺かれしに
かのかたの　心くぐもり
あまたたび　怖ぢためらへば

企ての　幾つ水泡《みなわ》と
消えにしか
寄りくる人に
あまたたび　思ひを鎖せば
能面の　やうなるかたと
言はれしか
老いの翳りの　あてどなき
寝ねがたき夜々
たまのをの　乱るる虚ろを　漂ひし
花殻の日々

コラージュ

連なりの
そのいや果てに
かのかたは　終《つひ》の眠りへ
入りにけり
すでに柩を　移されし
画伯のかたへに
ランスなる　教会堂に
御堂《みだう》おほふ　画伯が神を　頌むる界
うつし世を離《か》れ
しづまれる　画伯の魂《たま》の　籠もる界

ステンドグラスの　あひを透く
そこはかとなき
永き陽光

コラージュ

反歌

風に乗り風に煽られ追はれけり　時代の風見鶏や藤田嗣治《フヂタ》は

浪曲のレコードをかけ老いの夜に寿司握りける画伯の仏蘭西

朝のマルシェの露めく花束かき抱《いだ》き画伯の墓へと能面の夫人《かた》

巫女寄せのテープを画伯の言《こと》と聞きひとりあへなく老いにける夫人《かた》

コラージュ

馬、ピエロ

移民排斥、大恐慌、第二次世界大戦
マッカーシー旋風。逆風の吹く米国
に、画業を立てた国吉康雄の絵画群

移住せしアメリカの地の変色を画家はカンバスに遺し逝きけり

生国を遠く見やりて星条旗を画家はひたすら掲げ逝きけり

たまきはる命の重さの分銅に肌《はだへ》の色を重ねたるころ

むらきもの心の行方を吹き散らすマッカーシーの風荒れしころ

「夏の嵐」
重き空　赤き暗き土　抗へる野生の馬におのれを乗する

「日本の張子の虎とがらくた」
軍鼓ひびく故国へもどり購ひし張子の虎の冷むる原色

「葡萄」
溶けさうな微睡むやうな丸《まろ》き粒　父母への画家の拭ひえぬ思慕

コラージュ

「もの思う女」
はかなげに憂ひふふめるクニヨシの女像に萎《な》えぬ生の気配す

「逆立ちのテーブルとマスク」
放られしテーブルの脚に留りたる仮面《マスク》のあはれ脆き均衡《バランス》

物は使はれ壊れ捨てらる　アメリカの画家クニヨシの心の均衡《バランス》

「ここは遊び場」
敗戦の日本の標や廃材に吊られ潤める黒き日の丸

くづほるる廃墟の屋根にクニヨシの心の少女の跳ぬる姿が

「祭りは終わった」
倒されし木馬のくわつと開く目はうたて空しく洞と沈める

赤狩りの凄まじき風　クニヨシのアメリカン・ドリームを吹き千切りたり

「今日はマスクをつけよう」

ひとはなぜ仮面《マスク》被るや　拉《ひし》がるるいとほしき身を守らむとすや

「夢」

厚塗りの真白き貌よ　うつし身の虚ろを晒すピエロに夢　なほ

飾りたて笑みをつくろひ華やぎの集ひの輪へと　鎧《よろ》へる心

「道化師、舞踏会へ」

旋風の吹きすさぶ世を斜にかまへ糺《ただ》しくるかのピエロの目の悲

「ミスター・エース」

斑塗りのピエロの面輪　怨讐のこびりつきたる馬の目の哀

「退場」

馬　ピエロ　画面にいりくむ表象は　颪に薙《な》がれし画家の遺恨や

朱、緋色と華飾の色のしたたりて晩年の生《よ》の寂莫の赤

べつたりと肌にまとはる悪感かとまがふる触り　怨念の赤

画面抜き直ぐ立つ裸木　枝に芽のきざしを断てる絵　絶筆と聞く

「オールドツリー」

コラージュ

エジプト物語

「クレオパトラとエジプトの王妃展」
2015年、東京国立博物館平成館

古き代のエジプト王妃をつづりたる展覧会をわがめぐりをり

コラージュ

スポットのもと　石像石像　かくり世の魂《たま》のやどらぬ硬き行列

直ぐに立ち顔は横向く人型の絵よレリーフよ　様式美なり

永久《とことは》の生への幻視　若き日のわれを虜囚としたるエジプト

後宮の嫉妬　陰謀　よどませてエジプト展は化石と暗む

—

古き代のエジプト王妃を飾りけむ柘榴の形《かた》の紅玉のつや

様式美に醒めてはをれどなほ惹かる　昔の弦が鳴りをるらしき

複製の家具は小さし　貴やかに椅子を浮きけむ王妃の衣ずれ

パピルスの花を見にけり　あやなせる土器のまろみに咲き盛りたり

黄金虫《スカラベ》を　こまかき蠅を模れる装飾品は彼《か》の日の語部

一

古き代のエジプトの池につかのまの蓮《はちす》の花とアマルナ期あり

ネフェルティティ王妃が支へしアマルナは唯一神と写実芸術

絶世の美女写したる名にし負ふネフェルティティ像尋《と》め　薄闇を

ネフェルティティ彩色像は無かりけり　ベルリンの街に囲はれをらむ

スポットにふつたりと浮くちさき像はキャ妃とも聞く「王妃の頭部」

かく美しき女人の像は　見惚れをり後ろに幾重と人のささめき

石像はわれをかまはず瞠る目に永きしづけき時湛へをり

コラージュ

ネフェルティティにも老い忍びけむ追はれけりツタンカーメンの母とふキヤに

様式を外れいきづく王妃像そのあなたなる後宮の日々

靴音と人のつつめきが醸しだす音の底ひに後宮の怨

一

古き代のエジプトの色を塗りこめて宮殿模したる展示場なり

3米の高さを囲ふ薄明り　ヒエログリフがスポットに浮く

顔を消し観覧の人とりどりに歴史を辿りわれを過れり

見上ぐれば囲ひの上に無機質の天井ひらく　現代の空《くう》

ネフェルティティ逝き三千年　エジプトは歴史をきざみ動乱に揺る

一

古き代のエジプト展を抜けいでぬ　ほつこり温き陽光があり

ゆりの樹の葉影のベンチに沈みをり　幼児の影がとと　とこと行く

前庭の池水が光る　若き日のわが抜け殻と出会ひし晩夏

わが影をつくづくと見る　わが生《よ》をば永久《とことは》なるかに遣れる日ごろは

コラージュ

あとがき

建物の設計をする折々に、私は建材としての硝子を好みます。その透明性から内部空間に外部空間をとりこみ、また外光を落し込み、空間を演出します。硝子の材種によっては一枚の薄板を隔て、異なる空間を創出します。

数年前、硝子をテーマとするマンションへと移り住みました。インテリアには硝子を多用しました。そして、幻想的な空間の表出に目を瞠ることとなりました。硝子のあやなす予想外の世界は、硝子表面の光の反射や他の建材との組み合わせによる映像の歪みなどに因ります。私にとって「硝子」という言葉は即物的なイメージがあり、虚像の幻影を詠むときには多くの場合、「玻璃」を使いたいと思います。
歌集『玻璃』は『千花文』につづく私の第四歌集となります。

昔

私の内の玻璃の鏡に写った、めぐりの人々の姿を詠みました。

風景

生家のある町、鎌倉のいわゆる観光スポットを、久しぶりに訪ねました。昔の日々が共鏡と浮きました。

白壁の部屋

私の机は一米三十八糎角の硝子のテーブル。夕方、書きものにつかれ目を上げるとテーブルを黒い鳥が二羽三羽と飛んで行きます。筋交いの全面硝子の高層ビルには、私の部屋からは全く見えない代々木体育館の屋根が、夕空を背景に黒々とカテナリーの曲線を曳いて映ります。

コラージュ

硝子の面は光を受けて燦と華やかに映えますが、光を失えば

あとがき

はかなく暗みます。同時代にフランスとアメリカで活躍した画家フジタとクニヨシの「或る像」を、私の内の玻璃の鏡に映して詠みました。

藤田嗣治画伯とは少しご縁があって、画伯の美術館の構想があった折、一時、夫人をお手伝いしました。国吉康雄画伯の作品は、展覧会や作品集でよく鑑賞しました。両画伯は共に大きな大きな玻璃の鏡に、虚像とも見える華やかな像を映しそして消えました。後にくっきりと「あとかた」をのこして。

謝意

佐佐木幸綱先生には、十年に亘りご指導を頂いております。文学とは無縁であった私が、伝統短歌に惹かれ、言葉による自己表現に魅せられ、幸せな時間を過ごしております。

宇都宮とよ様と「心の花」の方々にお支えを頂いております。

田村空谷先生には、表紙と扉の墨書をお願い致しました。前歌集『千花文』は、先生の墨書のうちにあり、その姉妹篇としての『玻璃』にも是非と思いました。

原口嘉代子様には、当初の歌稿から校正まで見て頂きました。

砂子屋書房、田村雅之様は、私の装幀への我儘なこだわりをそのまま一冊に纏めてくださいました。なお、裏表紙などの写真は岡田玲に寄せて貰い、自装が適いました。

皆様に深謝申しあげます。

平成二十九年九月二十日

岡田惠美子

あとがき

著者略歴
建築家、元多摩美術大学非常勤講師
平成15年「心の花」入会

歌集　玻璃

二〇一七年一一月二七日初版発行

著　者　岡田恵美子
東京都渋谷区神宮前一―四―二〇―四一三（〒一五〇―〇〇〇一）

発行者　田村雅之

発行所　砂子屋書房
東京都千代田区内神田三―四―七（〒一〇一―〇〇四七）
電話　〇三―三二五六―四七〇八　振替　〇〇一三〇―二―九七六三一
URL http://www.sunagoya.com

組　版　はあどわあく

印　刷　長野印刷商工株式会社

製　本　渋谷文泉閣